Lin 27/17613

ÉLOGE

DE

MELCHIOR ROBERT,

Par le Docteur A. FABRE,

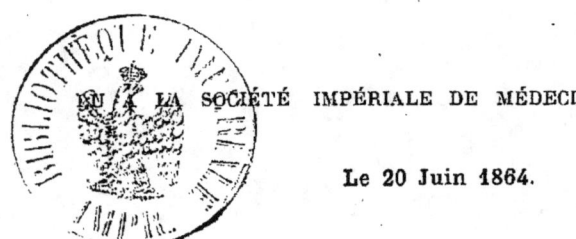

DE LA SOCIÉTÉ IMPÉRIALE DE MÉDECINE DE MARSEILLE,

Le 20 Juin 1864.

MARSEILLE,

TYP. ET LITH. BARLATIER-FEISSAT ET DEMONCHY,

RUE VENTURE, 19.

1864.

ÉLOGE

DE

MELCHIOR ROBERT,

Par le Docteur A. FABRE.

—◦◇◦—

MESSIEURS,

Elle n'est pas dissipée l'émotion profonde qu'a produite en vous la mort prématurée de Melchior Robert, ce confrère excellent qui était aussi un homme sans reproche et un médecin aussi instruit que dévoué. C'est avec la certitude d'accomplir un des vœux les plus chers à notre Société tout entière, que je viens payer à sa mémoire un juste tribut d'hommages et de regrets.

Aujourd'hui, dans nos Compagnies savantes, on raconte avec une justice scrupuleuse et même un peu sévère la vie des membres qui ne sont plus ; on les dépeint, parfois même on les critique, mais on ne prononce plus guère ce traditionnel éloge où d'habitude il était plus facile de se montrer bon collègue que juste appréciateur. On consent bien encore à louer les morts, mais à condition de ne pas les flatter. Je ne flatterai pas Melchior Robert ; il n'en a pas besoin; quand un homme s'est usé à la recherche du vrai et à la pratique du bien, le plus bel éloge qu'on puisse faire de lui, c'est l'histoire de sa vie, c'est l'exposé de ses œuvres, c'est son portrait moral.

Issu d'une famille honorable et justement estimée, Joseph-Melchior Robert naquit à Oraison, dans les Basses-Alpes, le 1er mars 1820. Il fit ses études scolaires à Grenoble, et ses premières études médicales à Marseille, où il obtint au concours la place d'interne de l'Hôtel-Dieu, cette noble récompense qui donne un travail utile pour prix d'un travail assidu. Le succès ne fit qu'accroître son ardeur persévérante pour l'étude, son goût passionné pour la médecine.

Malheureusement n'existe pas en France cette multiplicité des centres intellectuels qui entretient dans les Universités d'Allemagne une si généreuse et si utile émulation. Paris a conquis dans l'enseignement médical un monopole de plus en plus exclusif; Paris exerce sur les esprits d'élite une attraction trop souvent irrésistible; Melchior Robert la subit, et, s'il ne succomba pas, comme plusieurs de nos compatriotes, comme Cayol, comme Ricord, comme Vidal, comme Alp. Robert et d'autres encore, à la tentation de se fixer dans la capitale du monde médical, au moins voulut-il aller puiser auprès des grands maîtres la science et l'instruction pratique. Il partit donc pour Paris.

Là se présentait à lui, comme un but naturel et légitime pour sa jeune ambition, l'internat des hôpitaux. Nommé interne, après un brillant concours, ses préférences pour la chirurgie lui firent demander d'être attaché au service de Ricord, à l'hôpital du Midi ; au service de Lisfranc, à la Pitié.

Les doctrines de Ricord brillaient d'un éclat qui était alors sans tache ; exposées d'une manière aussi claire qu'attrayante ; aussi charmante que spirituelle, elles gagnèrent rapidement les convictions de notre collègue, qui fut longtemps leur plus zélé défenseur. Mais ce qui le captiva plus encore que les doctrines de Ricord, ce fut Ricord lui-même ; ces deux cœurs généreux, ardents, dévoués, comme ceux où coule du sang provençal, étaient faits pour se comprendre et pour s'aimer ; le disciple devint dès lors, et pour la vie, l'ami du maître.

J'ignore si Melchior Robert eut aussi une bien vive affection pour Lisfranc. Ce n'était pas un homme aimable que le chirurgien athlète de la Pitié, mais c'était un opérateur fort adroit et un praticien fort habile. Robert sut l'apprécier, et Lisfranc, comprenant ce que valait son élève, le fit travailler avec lui à la clinique chirurgicale de la Pitié. Ami de Ricord, collaborateur de Lisfranc, notre collègue, au sortir de l'internat, était déjà devenu un syphilographe hors ligne et un chirurgien distingué.

Docteur le 25 mars 1848, il revint à Marseille, et peut-être eut-il la courte illusion de croire qu'il allait recueillir tout de suite les fruits de son travail. S'il suffisait d'avoir du mérite pour arriver promptement à la confiance publique, nul plus que lui, sans doute, n'eût rapidement réussi dans la clientèle; mais il était trop modeste pour chercher à se faire valoir, aussi resta-t-il quelque temps obscur et méconnu.

Ce temps, il sut l'employer à l'étude; car, en 1851, il publiait une brochure sur l'Iritis syphilitique et un mémoire sur deux procédés nouveaux d'amputation des orteils; et, en 1853, il faisait paraître la première édition de son *Traité des maladies véné-riennes*. Il l'employa aussi au soulagement des malades pauvres. Médecin de la Grande-Miséricorde, il comprit sa mission et la remplit avec dévouement. Chargé, à deux reprises différentes, d'un service dans les hôpitaux militaires, il soigna de cœur nos braves soldats. Quand le choléra vint, en 1849 et en 1854, porter dans notre ville la désolation et le deuil, notre confrère fut un de ceux qui déployèrent le plus d'abnégation, de courage et de zèle, parmi les membres du corps médical, héroïques volontaires qui se dévouent pour combattre les plus terribles fléaux, bravent froidement d'incessants périls et meurent ignorés, sans avoir espéré ni honneurs, ni gratitude. Nous devons dire cependant que deux médailles furent décernées à Melchior Robert, comme un faible témoignage de sa belle conduite dans les épidémies du choléra.

Vinrent enfin pour lui des jours meilleurs. L'administration des hospices avait eu la sage et libérale pensée de mettre au concours les places de médecins et de chirurgiens agrégés. Déjà, l'un de nos collègues avait remporté la victoire dans le premier concours de médecine : le premier concours de chirurgie fut ouvert, Melchior Robert entra en lice. Ce fut une lutte remarquable que ce concours de 1856. Tous les candidats s'étaient retirés devant deux compétiteurs dont ils proclamaient ainsi la haute et par trop redoutable valeur : l'un l'emportait par ces qualités brillantes qui font le professeur instruit et disert; l'autre, et c'était Robert, joignait à une instruction non moins étendue ces qualités solides qui font le chirurgien habile et le praticien consommé. Le jury hésita si longtemps qu'il finit par ne pas se prononcer, mais l'administration, ayant à choisir entre les deux concurrents classés *ex æquo*, accorda la première place à Melchior Robert.

Dès lors s'ouvrit pour notre collègue cette ère de bonheur qui devait, hélas! si peu durer. Une femme digne de lui sut lui donner la joie domestique ; il se vit revivre dans ses deux jeunes enfants, charmants et malheureux expiègles qui ont aujourd'hui perdu le meilleur des pères. La renommée, juste prix de son mérite, lui était enfin acquise et croissait chaque jour. La confiance de ces concitoyens ne se borna pas à l'appeler au chevet des malades, elle le fit aussi siéger au Conseil Municipal.

Personne n'était moins ambitieux que lui, mais personne n'avait davantage le sentiment de tous les devoirs. Il comprit que les institutions municipales sont le refuge sacré de nos libertés les plus chères, il comprit qu'une ville comme Marseille ne doit jamais abdiquer ce droit, légitime entre tous, de veiller elle-même à ses propres intérêts. Il accepta donc comme un devoir ce précieux mandat qu'il eût refusé comme un honneur.

Ce qu'il fit au Conseil Municipal, M. le Maire vous l'a dit d'une voix émue dans un beau discours ; dans les circonstances, quelquefois délicates, où il s'est trouvé placé, on doit lui rendre cette justice qu'il sut allier deux sentiments que la nature humaine rend trop souvent incompatibles : l'indépendance et le dévouement.

Professeur suppléant à l'Ecole de médecine, il eut rarement occasion de monter en chaire et profita peu de cette place où devraient être mis successivement à l'épreuve ceux que l'on croit capables de devenir professeurs. Il n'eut, d'ailleurs, que trop d'occasions de déployer son intelligente activité. Chirurgien en chef des hôpitaux, toujours généreux de son temps avec les pauvres malades et livré pendant le jour aux occupations nombreuses de sa profession, il travaillait la nuit pour la science. C'est à ses veilles incessantes que nous devons, entre autres travaux, son *Nouveau Traité des maladies vénériennes*, vaste et solide monument qui doit jeter un reflet de gloire sur le corps médical de notre ville, et ses *Considérations sur le chancre infectant et sur le chancre mixte*, œuvre suprême du savant qui allait mourir, dépôt précieux qu'il venait confier à notre Société de médecine, à nous qui sommes ses amis !

Melchior Robert était atteint d'une maladie du cœur. Toutes ces fatigues et toutes ces veilles ne pouvaient qu'accélérer la marche fatale du mal qui l'avait frappé ; aussi, les soins les plus éclairés et les plus assidus lui furent-ils en vain prodigués. Ne pouvant le sauver, c'eut été au moins une consolation pour nous tous de le conserver quelque temps encore; mais non, ses forces, qu'il avait épuisées pour les autres, le quittèrent rapidement, et, le 8 décembre 1863, notre pauvre ami rendit son âme à Dieu.

Cette perte, pour nous si cruelle, fut ressentie par la ville entière. Vous avez vu les autorités les plus hautes à la tête d'une foule immense qui suivait son cercueil; vous avez entendu de toutes parts des voix qui faisaient son éloge. C'est une consolation pour ses amis, c'est un noble héritage pour ses fils que l'exemple d'une vie sans reproche et d'une mort entourée d'universels regrets.

Messieurs, je ne crois nullement avoir rempli la mission que vous m'avez confiée. Je vous ai raconté la vie de Melchior Robert, mais je ne vous ai presque rien dit de ses travaux ni de son caractère. Je veux rappeler encore à votre esprit les œuvres de ce laborieux médecin qui doit laisser un nom dans la science; je veux surtout rappeler à votre cœur les qualités de cet homme excellent qui doit laisser à tous ceux qui l'ont connu d'ineffaçables souvenirs.

Les écrits de notre collègue traitent diverses questions de médecine proprement dite et de chirurgie. Le premier, par rang de dates, parmi ceux qu'il m'a été donné de recueillir, c'est sa *Thèse sur le Cancer de la mamelle*, présentée à la Faculté de Paris, le

2

25 mars 1848. Ce travail, sur un sujet que n'avaient pas encore éclairé les beaux travaux de M. Velpeau, et les modernes discussions académiques, repose sur vingt-trois observations et révèle chez son auteur les qualités sérieuses du praticien. Les questions du diagnostic et des indications thérapeutiques y sont étudiées avec beaucoup de soins ; on y lit surtout avec intérêt des remarques précieuses pour arriver à la distinction clinique, si difficile et pourtant si capitale, entre l'engorgement et la dégénérescence des ganglions de l'aisselle. Seulement, Robert s'y montre un peu trop soumis à l'influence des mauvaises doctrines médicales de son maître Lisfranc ; il accorde, dans l'étiologie du cancer, une place trop grande à l'irritation locale, une place trop petite à l'hérédité ; il méconnaît la fréquence des récidives, bien que son observation personnelle la lui ait prouvée ; il confond la diathèse cancéreuse avec l'infection cancéreuse, professant en cela, il est vrai, l'hypothèse que, dans ses ouvrages, devait défendre M. Velpeau. En un mot, il ne secoue pas assez l'influence doctrinale du maître, bien que déjà son expérience et son sens pratique tendent à lui prouver qu'elle est erronée.

Il se montre, au contraire, dégagé de toute influence dans son travail sur deux nouveaux procédés opératoires pour la désarticulation des orteils, mémoire ingénieux présenté à l'Académie des Sciences et à notre Société de médecine en 1854. Il s'occupe d'abord de la désarticulation du gros orteil, opération très-délicate, car le volume de la tête du premier métatarsien s'oppose à la réunion des lambeaux, et, si l'ouverture de la plaie est placée à la partie anté- rieure ou inférieure, la cicatrice est exposée, pendant le marche, à des frottements douloureux ; si, au contraire, la plaie est située en haut, l'écoulement du pus a grand peine à se faire. Ces inconvénients avaient rebuté Ledran, qui préférait, en pareille occurence, sacrifier la tête du métatarsien, idée malheureuse, car c'était priver la partie interne du pied d'un point d'appui essentiel, comme l'a reconnu Blandin, et augmenter les dangers de l'opération, comme l'a constaté M. Malgaigne. Robert pratique la désarticulation par un procédé nouveau : facilité d'exécution, juxtaposition naturelle des lambeaux et des bords de la plaie, position de la cicatrice à la partie supérieure et au côté externe du moignon, écoulement facile du pus ; tels sont les avantages qu'il se propose de réaliser et qu'il paraît avoir obtenus.

Pour la désarticulation d'un des quatre derniers orteils, notre collègue propose aussi un procédé nou- veau dont le grand avantage est de permettre de tailler les lambeaux en laissant l'orteil en place.

Le mémoire se termine par une étude importante sur les fusées purulentes à travers les gaines tendi- neuses et sur l'inflammation de ces gaines, accidents qui constituent les complications les plus ordinaires de l'amputation des doigts et des orteils. La rétrac- tion des tendons dans leur gaine et le mouvement d'aspiration qui la suit, telle est, pour notre collègue, la cause ordinaire de ces accidents, qu'on évitera si, pendant l'opération, on fait comprimer sur le trajet des gaines, au-dessus du point où doit porter la section ; si, après l'opération, l'on retient le tendon et la gaine par un fil qui les traverse tout deux ; si, lorsque le tendon s'est échappé, on le fait redescendre en imprimant au membre des mouvements de flexion ; si, enfin, dans les cas où l'on ne peut le ressaisir, on lie la gaine restée béante. Ces idées, établies sur une base purement expérimentale, réclament encore la sanction de la pratique, c'est pourquoi j'ai cru devoir rappeler sur elles l'attention de nos chirurgiens.

Tel est le premier mémoire présenté par Melchior Robert à notre Société de médecine, dont il fut un des membres assidus et à laquelle, à plusieurs reprises, il vint soumettre d'intéressants travaux.

Esprit éminemment chirurgical et placé, dans ces dernières années, à la tête d'un service hospitalier des plus importants, il n'aurait pas manqué, s'il avait vécu plus longtemps, de payer à la chirurgie proprement dite un large et utile tribut. Mais il était trop absorbé par ses immenses recherches syphilographiques pour entreprendre d'autres ouvrages. Cependant, par une brochure sur le traitement et la prophylaxie du choléra, publiée en 1854, et où il insiste, avec grande raison, sur la nécessité de combattre activement la diarrhée prodromique, il a montré son aptitude aux questions de thérapeutique et d'hygiène. D'un autre côté, dans un rapport qu'il vous a lu en 1861, sur un livre du docteur Galligo,

de Florence, relatif à l'enseignement médico-chi-
rurgical, il a traité avec une éloquence vigoureuse
certaines questions professionnelles; et, aussi passionné pour la justice que pour la liberté, il a plaidé
chaudement la cause du concours, cette belle insti-
tution qui met un frein à l'arbitraire et au népotisme.

La syphilographie doit à la plume de notre savant
collègue un grand ouvrage et plusieurs mémoires.
Tous ces travaux sont consacrés à l'exposition des
résultats de sa riche expérience, et, dans les premiers temps, à la défense des doctrines de l'hôpital
du Midi. L'un des plus éminents disciples de Ricord,
il fut longtemps l'un des plus fidèles ; mais, cher-
cheur impartial et infatigable, il sut, autant qu'un
homme peut le faire, secouer le joug des idées pré-
conçues, et se montra moins docile aux leçons de son
illustre maître qu'à celles d'une patiente et rigou-
reuse observation. Aussi plus d'une fois, dans ses
derniers ouvrages, verrons-nous l'élève, devenu
maître à son tour, en contradiction scientifique avec
celui pour lequel il conserva toujours le culte du cœur.

D'ailleurs, la grande gloire de Ricord n'est pas
d'avoir constitué une doctrine sur la syphilis, c'est
d'avoir reconstitué la syphilis elle même. Cette maladie, à périodes successives, séparées par des inter-
valles de santé apparente, n'avait été que rarement
et d'une façon incomplète, envisagée dans son ensemble par les auteurs des siècles passés, elle avait
été mise en pièces par l'école de Broussais, Ricord
sut lui restituer sa spécificité méconnue, et, par une

classification immortelle de ses périodes, rattacha
pour jamais à leur origine unique ses diverses mani-
festations. Il établit des règles thérapeutiques que
suivent toujours les praticiens. Il posa enfin des lois
et les réunit en corps de doctrine ; mais ces lois
n'étaient évidemment que temporaires et ne pouvaient
que servir de base aux recherches ultérieures. Comment un chef d'école eut-il suffi pour achever une
œuvre qui est en droit de réclamer les efforts com-
binés des siècles et des hommes ?

Mais, à la syphilis reconstituée, il fallait un livre
qui en retraçât le tableau complet ; à la doctrine
édifiée, il fallait un livre qui l'exposât d'une façon
didactique : ce livre, c'est à Melchior Robert que
nous le devons.

Le *Traité des maladies vénériennes*, publié en
1853, fut dédié à M. Robert le père et à Ricord, qui
répondit à son disciple bien-aimé : « J'accepte avec
orgueil et reconnaissance la dédicace de votre livre. »

Ce n'est pas un chef-d'œuvre que ce premier
Traité, mais c'est un fort bon ouvrage, qui pendant
plusieurs années a été justement classique. La doctrine primitive de l'école du Midi s'y trouve repro-
duite avec ses imperfections, l'expérience de notre
collègue, avec ses riches résultats.

Séparation absolue, trop absolue peut-être, de
toutes les blennorrhagies et de la syphilis, à l'aide du
chancre larvé ; le chancre induré considéré comme
l'unique et nécessaire porte d'entrée de la vérole, la
transmissibilité par les accidents secondaires formel-

lement repoussée, les syphilides trop succinctement décrites, la syphilis infantile très brièvement étudiée ; voilà quels seraient les points vulnérables de ce livre si sa publication ne datait que d'hier ; mais, en 1853, il était l'expression la meilleure et la plus complète de la science. D'ailleurs, ces imperfections et ces lacunes, je me fais un plaisir de vous les signaler, pour vous montrer comment notre laborieux auteur a su les faire disparaître dans la suite.

La science est fort active en ce siècle de fiévreuse ardeur, mais les œuvres qu'elle a élevées la veille, souvent elle est obligée de les renverser le lendemain ; un esprit éclairé doit la suivre, la guider même, dans la voie du progrès, sans toutefois s'enthousiasmer d'avance pour toutes ses innovations.

Telle a été la conduite de Melchior Robert. Nous le voyons remettre à l'étude des questions qu'il n'avait traitées qu'imparfaitement. C'est ainsi qu'en 1853 il consacre un travail spécial aux végétations appelées syphilitiques ; c'est ainsi qu'il donne, dans son nouveau traité, une description détaillée des syphilides, des recherches approfondies sur le chancre céphalique et un chapitre étendu sur la syphilis infantile, éclairant de nouvelles lumières des sujets qu'il avait trop rapidement examinés dans son premier ouvrage.

Si des questions nouvelles se présentent, il les soumet au creuset d'une observation sagace et d'une expérimentation consciencieuse. La syphilisation est venue étonner le monde médical ; ses prétentions sont

grandes ; elle est fortement appuyée ; il faut la con-
trôler ; mais Robert, avec cette prudence dont la science
ne devrait jamais se départir, se refuse à faire sur ses
malades des expériences qui pourraient être dange-
reuses. Il inocule le virus aux animaux et des animaux il se l'inocule à lui-même ; c'est lui-même qu'il
sacrifie ! Il fut malade, il souffrit beaucoup ; mais il
avait servi la science et conservé à son ministère un
caractère sacré.

Ses conclusions premières étaient contraires à la
nouvelle méthode, mais il profite de l'expérience des
autres, il se remet à l'étude ; il présente, en 1859,
à notre Société, un beau travail qui est suivi d'une
discussion remarquable et il arrive à conclure que, si
la syphilisation préventive, moyen prophylactique
réel, doit être rejetée en pratique, la syphilisation
curative, au contraire, doit être employée dans le
cas où il faut agir promptement et dans les accidents
graves réfractaires à toute médication spécifique.

De nouvelles tendances scientifiques viennent-elles
battre en brèche les points de doctrine qu'il a naguère
soutenus, il remet ces questions au contrôle de
l'expérience et de l'observation ; ne craignant pas
d'abandonner publiquement des idées pour lesquelles
il avait vigoureusement combattu, mais ne reculant
pas non plus dans la défense des opinions dont un
nouvel examen lui a démontré la valeur. Ainsi,
tandis qu'il se convertit à la contagion des accidents
secondaires avec une franchise qui eût réjoui le cœur
de Vidal, et qu'il nous promet, sur la contagion par

le lait, un travail que la mort ne lui a pas permis d'achever, il reste uniciste et devient de cette doctrine le plus solide soutien.

Je sais bien que le courant actuel des idées ne se porte pas vers l'unicité du virus chancreux, mais la controverse des unicistes et des dualistes est une de celles dont parlera l'histoire. Si, par hasard, le dualisme triomphe d'une manière définitive, l'histoire devra dire que, par son opposition intelligente et consciencieuse, Robert a forcé les défenseurs de cette théorie à examiner la question dans ses divers aspect, à éclairer bien des points obscurs et à résoudre des problèmes auxquels ils n'auraient jamais songé. Si, au contraire, et j'en ai l'espérance, la doctrine uniciste finit par triompher, le nom de Melchior Robert se transmettra de siècle en siècle comme un des plus grands noms de la syphilographie.

En 1857, notre éminent collègue consacrait un mémoire à la défense de l'unicité du virus chancreux. Il revenait sur cette question et l'examinait avec soin dans son *Nouveau Traité des maladies vénériennes.* Enfin, dans les derniers mois de l'année 1861, il présentait à notre Société, sur l'auto-inoculabilité du chancre infectant et sur le chancre mixte, un travail où il attaquait la théorie dualiste dans des retranchements que jusque-là elle croyait inexpugnables.

Il y a trop à dire et trop à louer chez notre regretté collègue, pour qu'il me soit permis d'analyser ici ces importants travaux ; un hommage indirect mais qui a bien sa portée, vient, l'année dernière, de leur être

rendu ; car, la Faculté de Paris a signalé à M. le
Ministre de l'Instruction publique la thèse de M.
Gonnard, en faveur de l'unicité, thèse qui s'appuyait
presque tout entière sur des arguments empruntés à
Melchior Robert.

Pour notre collègue, entre le chancroïde et le chancre induré; il n'y a que la distance qui sépare la
varioloïde de la variole ; il n'y a pas deux virus chancreux séparés par des différences de nature, mais
bien un seul virus avec des différences d'intensité.
A l'appui de sa doctrine, il invoque l'observation et
l'expérience; il montre des chancres simples produits
par des chancres infectants, et réciproquement des
chancres infectants produits par des chancres simples ; il prouve, enfin, que les uns et les autres
peuvent naître d'un même ascendant ; et, comme
c'est une énormité en pathologie de soutenir qu'une
maladie peut se reproduire autrement que dans son
espèce, un seul de ces faits, s'il est bien observé,
suffit pour établir sa doctrine. Reste, comme une
difficulté mais non comme un obstacle, l'ingénieuse
création du chancre mixte, produit artificiel de l'expérimentation qu'il attaque à coups d'expériences. Sur
ces questions délicates et spéciales, notre jugement
serait suspect autant que téméraire : qu'il soit seulement permis aux partisans de Robert d'exprimer
leur confiance dans les décisions de l'avenir.

D'ailleurs, que l'on partage où non les opinions
de notre éminent confrère, on ne peut se refuser à
considérer son *Nouveau Traité des maladies vénérien-*

nes comme une œuvre capitale, fruit d'une longue expérience et d'un immense travail, qui expose une doctrine dont l'ensemble est propre à l'auteur, qui abonde en recherches utiles et en documents précieux, et qui joint à son mérite scientifique un certain parfum littéraire. Le premier *Traité des maladies vénériennes* était l'œuvre d'un disciple éminent, le *Nouveau Traité* est l'œuvre d'un maître ; c'est un des monuments de la syphilographie.

Si Melchior Robert a écrit en caractères ineffaçables son nom dans la science, il a laissé de sa vie privée des souvenirs non moins précieux. Après avoir résumé les travaux remarquables de cette intelligence d'élite, je voudrais pouvoir dépeindre les qualités charmantes de ce cœur excellent.

En divulguant ainsi ses vertus privées, je sais, Messieurs, que je contrarie formellement ses volontés expresses ; cependant je n'ai aucun scrupule à lui imposer ce sacrifice de plus en faveur de ses amis. Modeste, mais modeste à l'excès, il a voulu, vous vous le rappelez, que sur sa tombe aucune voix ne s'élevât pour faire son éloge. Nous avons obéi ; mais aujourd'hui nous ne pouvons garder un plus long silence. Lui qui connaissait si bien les devoirs de l'amitié, il ne peut nous forcer d'y manquer plus longtemps.

Dès son début dans la carrière, il se montra pour ses confrères ce qu'il devait être toujours : généreux et dévoué. Quand il étudiait à Paris, il avait pris pour habitude de nourrir celui de ses condisciples qui avait épuisé ses ressources. Tout ce qu'il possédait était à ses amis. Vous savez que rien ne révèle la bonté comme la confiance qu'elle inspire ; voici un trait qui vous prouve qu'envers Melchior Robert cette confiance, même de la part de ceux qui n'étaient pas ses intimes, pouvait aller fort loin : Une fois, en rentrant à son domicile, il vit sur son bureau un billet à peu près ainsi conçu : « Ne vous ayant pas trouvé, j'ai pris « dans votre armoire ce dont j'avais besoin, un habit « un gilet et des pantalons, car je sais par expérience « que ce qui est à vous appartient à vos amis. » Et Robert ne vit rien que de tout naturel dans cette hardiesse qui le dépouillait.

Adoré de ses condisciples, il fut aimé de tous ses confrères, et ce n'était pas chose facile, car on peut se représenter la vie du praticien comme une course incessante dans un sentier encombré de susceptibilités qui, lorsqu'on les froisse, deviennent autant de rancunes ; et pourtant, dans ce concert de louanges qu'a su mériter notre cher confrère, je n'ai entendu aucun cri discordant.

C'est ici, dans cette salle, que je l'ai vu pour la première fois. Si je garde dans mon cœur le souvenir de l'accueil tout affectueux qu'il me fit, je puis au moins parler des marques exceptionnelles de sympathie qui lui furent données à son entrée. Ah ! voilà Robert ! disait-on, et chacun, interrompant sa conversation, s'empressait d'aller lui serrer la main. Rien de plus cordial et de moins diplomatique que ces poignées de mains. Nos collègues de tout âge l'abordaient comme un ancien camarade ; si sa main était dans celle d'un autre, on commençait par le taper sur l'épaule ; on causait gaiement avec lui, et c'était un touchant spectable que celui de cette aimable familiarité de nos collègues avec un homme dont les traits ridés avant l'âge, dont la tête chauve à quarante ans, attestaient les veilles nombreuses qu'il avait passées à l'étude et les beaux travaux dont il avait doté la science.

Cependant une lutte allait s'engager, et celui qui l'avait provoquée c'était Robert. Son mémoire sur l'auto-inoculabilité du chancre infectant et sur le chancre mixte traitait justement la question la plus épineuse de cette maladie qui ne naît pas précisément des disputes humaines mais qui en fait naître beaucoup. Il eut donc des adversaires, et des plus sérieux. La controverse fut vive, animée, appuyée sur des arguments solides, égayée par des traits piquants. Robert se montra logique dans ses paroles, spirituel dans ses écrits, mais l'urbanité la plus exquise régna dans tous ces débats et sut contenir cette fougueuse passion qu'on nomme la passion scientifique.

Notre collègue fit mieux qu'aimer ses adversaires, il aida ses rivaux. C'était au concours de 1856 ; Robert avait une grande supériorité dans la médecine opératoire ; elle pouvait faire pencher en sa faveur la balance d'ailleurs fort indécise ; cependant, les jours qui précèdent l'épreuve, il va répéter à l'amphithéâtre les principales opérations ; avec qui ? vous ne le devineriez pas si vous ne le saviez déjà, avec son compétiteur, auquel il livrait certains secrets pratiques qui

sont d'ordinaire pour un candidat ce qu'est pour
l'avare son trésor.

Il soignait ses malades avec une tendre sollicitude,
ne sacrifiant jamais à leurs préjugés ni à leurs capri-
ces, il parvenait à leur plaire en cherchant à les gué-
rir. Il n'avait pas vis-à-vis d'eux cette tenue guindée
ni cette pose prétentieuse par laquelle la médiocrité
croit s'entourer d'un grand prestige auprès du vul-
gaire ; mais aussi sa bonté simple et familière ne sut-
elle peut-être pas toujours lui assurer le respect dû à
ses titres et à son mérite. Pour lui, tous les malades
étaient ses amis ; entre les diverses conditions sociales
il ne faisait pas de distinction, ou du moins il n'en
faisait qu'une ; l'argent qui lui était remis au premier
étage, souvent il le portait dans la mansarde.

Mais quelle discrétion mystérieuse ne mettait-il pas
à faire le bien. Sa femme, sa femme même, ignorait
sos bonnes œuvres. Plus d'une fois cependant elle
mit la main sur des lettres qu'il avait négligé de ren-
fermer ; c'étaient ou des demandes nouvelles fondées
sur le bienveillant accueil qu'il avait fait à des demandes antérieures, ou des témoignages de reconnaissance pour de généreux bienfaits ; il y avait souvent
dans ces lettres de la prose au style lyrique, mais, ce
qui est plus précieux et plus rare, il s'y est trouvé
aussi des vers non dépourvus de poésie. Melchior
était grondé de tenir ainsi caché ce qui aurait pu faire
plaisir à ceux qui l'aimaient ; mais il craignait de
donner de l'orgueil à celle qui n'était fière que des
mérites de son mari.

C'était surtout envers ses malades de l'hôpital que
sa charité n'avait pas de bornes ; après les avoir soi-
gnés dans son service avec ce dévouement sagace qui
contribua si puissamment à lui donner de si beaux
succès, il veillait sur eux au sortir de l'hospice, et bien
souvent, après les avoir guéris de la maladie, il les
guérissait de la misère. Ce fut après sa mort une
véritable procession qui se rendit à son domicile, pauvres gens qui venaient exprimer leur douleur d'avoir
perdu leur bienfaiteur et leur appui, et sa famille fut
justement attendrie de voir arriver cette foule d'amis
qu'elle ne lui connaissait pas.

Nourri de principes vraiment libéraux sur la fra-
ternité humaine, il n'offrit jamais l'encens aux grands
de la terre, mais aussi oubliait-il la distance qui le
séparait de ses inférieurs, auxquels il ne savait guère
commander. C'était réellement un homme heureux
que son domestique ; mais savez-vous de quoi tout
récemment il l'accusait, celui-là ? de l'avoir si bien
traité qu'il lui serait désormais impossible de s'habi-
tuer à un autre maître.

Je vous en ai dit assez, Messieurs, pour vous faire
apprécier ce qu'il y avait de qualités précieuses dans
ce cœur excellent. Il me faut cesser de vous entrete-
nir de notre pauvre Robert. Nous serions peut-être
indiscrets de nous asseoir auprès de son foyer et d'as-
sister à cette vie de famille à laquelle il savait donner
tant de charmes. Cependant il est un trait qui le peint
trop bien pour que je le tienne caché. Ses parents rê-
vaient pour lui un magnifique mariage, c'est-à-dire

un mariage riche ; mais à une belle fortune il préféra la femme qui lui apportait en dot une intelligence pour le comprendre et un cœur pour l'aimer.

Et aujourd'hui qu'à 43 ans s'est brisée cette carrière qui devenait si brillante ; aujourd'hui que nous avons perdu ce médecin dont la science faisait honneur à notre cité, ce praticien habile qui venait de conquérir sa place dans les premiers rangs ; aujourd'hui que nous pleurons ce collègue chéri, cet ami dévoué, cet homme si honnête, si modeste et si bienfaisant ; quelles consolations pouvons-nous offrir à sa famille, à ceux dont il était si tendrement aimé ? Ah ! nous renoncerions à en chercher, si nous ne savions qu'il est doux de voir l'estime et les regrets de tous entourer dans la tombe ceux que l'on a perdus ; si nous ne savions aussi que la destinée de l'homme ne fait que commencer ici-bas.